Autorenportrait:

Karin Puke, geboren 1953, lebt mit zwei Norwegischen Waldkatzen in Münster. „Der kleine Kater Smoky" ist ihre erste Veröffentlichung. Vor drei Jahren kam der Kater Smoky in ihren Haushalt. Diese temperamentvolle Samtpfote hat sie inspiriert ein Buch über ihre Katzen zu schreiben bzw. Smoky erzählt humorvoll aus seinem Leben.

Karin Puke

Der kleine Kater Smoky

**Der Norwegische Waldkater „Smoky"
erzählt humorvoll aus seinem Leben
vom Welpen- bis zum Flegelalter.**

© 2008 Karin Puke, Münster/Westf.
Herstellung und Verlag:
Books on Demand GmbH, Norderstedt
Zeichnungen: Vanessa Tuneke
ISBN: 978-3-8334-9765-0
4. Auflage

Zitat:
Die kleinste Katze ist ein Meisterwerk
(Leonardo da Vinci)

Smoky im Alter von 10 Wochen

Dusty

Am 31. März 2005 kam ich mit drei Geschwistern zur Welt. Wir waren zwei Mädchen und zwei Jungen. Meine Züchtermama sagte zu uns „der Cocktailwurf". Wir bekamen unsere Namen nach Getränken: Daiquiri, Blue Angel, Margarita und ich „Blue Lagoon". Mit diesen Namen konnten wir Kitten aber so recht nichts anfangen. Wir waren ganz einfach die „Babys". So wurden wir auch gerufen. Unsere Katzenmama, namens Farina, kümmerte sich sehr liebevoll um uns. Sie hat uns Babys fürsorglich erzogen und brachte uns vieles bei. Wir haben so toll gespielt, gerauft und auch Unsinn gemacht. Es war eine sehr schöne Zeit.

Mein Züchterpapa hatte viele Fotos von uns gemacht. Damals wusste ich noch nicht wofür das gut war. Inzwischen weiß ich aber, dass meine Züchter ein neues Zuhause für uns Kitten gesucht haben. Die besten Fotos wurden ins Internet gestellt. Fremde Menschen konnten da sehen wie hübsch wir waren. Nach einiger Zeit kamen viele Leute und „besichtigten" uns. Das fand ich echt doof. Fremde Gerüche, igittigitt. Und immer dieses Anfassen und Hochheben. Schrecklich! Ich bekam schon richtig Panik. Dann besuchten uns zwei Frauen, die mich ja sooo niedlich fanden. Bei der einen sollte ich ein neues Zuhause bekommen. Ich hörte, dass ich einem älteren Kater Gesellschaft leisten sollte. Oh je!!! So ganz geheuer war mir das damals nicht.

Als ich 13 Wochen alt war, kam für mich der große Tag. Ich wurde in einen Transportkorb gesteckt und ins Auto gepackt. Ich wusste nicht wohin die Fahrt ging. Vor Angst wurde mir ganz mulmig. Wo waren meine Katzenmama und meine Geschwister? Nach etwa zwanzig Minuten hatten wir unser Ziel erreicht. In einer fremden Wohnung wurde mein Transportkorb geöffnet und ich durfte raus. Auf mich wartete schon die Frau, die vor einiger Zeit bei uns zu Besuch war. Die Stimme war ja ganz nett aber da war wieder dieser fremde Geruch. Wenn sie mich angefasst hatte, musste ich mich sofort putzen um meinen Eigengeruch zu bewahren. Das war Stress pur.

Zunächst hatte ich mein neues Domizil vorsichtig inspiziert. Dabei wurden mir das Katzenklo, Futternäpfe, Kratzbäume und jede Menge Spielzeug gezeigt. Na ja, wenigstens das war wie bei meinen Züchtern. Auf einmal erschien ein großer roter Kater. Der sollte mein Spielkamerad werden. Vorsichtig ging ich auf ihn zu und hoffte, dass er mit mir spielen würde. Pustekuchen! Der lag nur da und begaffte mich misstrauisch. Dann fing die Frau an, mit mir zu spielen. Das war auch ganz ok. Dabei vergaß ich alles um mich herum. Ich merkte gar nicht wie meine Züchter auf einmal weg waren. Jetzt war ich mit dieser Frau und dem spielfaulen großen Kater allein. Aber diese Frau, zu der ich heute

Mama sage, gab mir eine große Portion Futter. Das war nicht übel. Die neue Umgebung, die fremden Gerüche und Geräusche machten mir aber nach wie vor Angst. Ich traute mich nicht, mich hinzulegen und einzuschlafen. Doch die Müdigkeit war zu groß. Mich überkam ein tiefer Schlaf. Ich träumte von meiner Katzenmama und meinen Geschwistern. Was die wohl machen?

Am nächsten Tag sprach mich meine neue Mama immer mit „*Smoky*" an. Aufgrund meiner rauchgrauen Fellfarbe wäre der Name viel passender für mich. Na ja, wenn sie meint. Ich hab' mich schnell an „Smoky" gewöhnt. Der rot gestreifte Riesenkater heißt übrigens „Dusty". Inzwischen habe ich aber gemerkt, dass wir noch tausend andere Namen haben: Mäuschen, Schätzchen, Dicker, Moppel, Pummelchen, Nervensäge, Zausel, Taube, Clown usw.

Dusty hat unser Frauchen fest im Griff. Wenn er Hunger hat, läuft er vor ihre Beine und drängt sie in Richtung Küche. Oder er kratzt an einer Tür vom Wohnzimmerschrank. Allerdings ohne Krallen, was unsere Mama aber nicht weiß. Wie eine Furie springt sie dann schimpfend auf, weil sie ja Angst vor Kratzer hat. Meistens haben wir Glück und unsere Näpfe werden sofort gefüllt. Wenn es um

Futter geht, ist unser Dickerchen richtig raffiniert.

Anfangs bekam ich Futter für Katzenwelpen, was mir aber gar nicht schmeckte. Mir wird jetzt noch schlecht, wenn ich daran denke. Ich habe dann häufig aus Dustys Napf gefressen. Das war viel besser. Thunfisch, Hühnchen, Rind, Ente mit reichlich Soße. Hmm lecker! Da ich mein Welpenfutter kaum noch anrührte, bekam ich nach etwa sechs Wochen auch das leckere Futter für „erwachsene" Katzen. Bin doch schließlich kein Baby mehr! Dusty hat mir erzählt, dass er als Katzenwelpe auch das Kittenfutter bekommen hat. Wenn Katzen im Wachstum sind, haben sie einen anderen Nährstoffbedarf als erwachsene Katzen. Das Futter muss der jeweiligen Lebensphase angepasst sein. Dieses Thema hat sich für mich allerdings erübrigt, weil ich ja schon *groß* bin.

Foto vom Züchter

In den ersten Wochen in meinem neuen Zuhause hatte ich etwas Probleme mit der Verdauung. Manchmal hatte ich sogar Durchfall. Das lag sicher an dem doofen Babyfutter. Zu der Zeit hatte ich nicht das Katzenklo, sondern die Badewanne für meine Notdurft benutzt. Dusty meinte *„Das gibt Ärger".* Frauchen sollte doch schließlich sehen, dass es mir nicht gut ging. Auf der Katzentoilette hätte sie unsere Häufchen doch nicht unterscheiden können.

Inzwischen weiß ich aber, dass Frauchen unsere Hinterlassenschaften im Katzenklo sehr wohl unterscheiden kann. Damals war das für mich allerdings noch unvorstellbar.

Ma fing sogar an, für mich eine Magendiät zu kochen. Pute oder Hühnchenbrust mit Reis. Hmm, mir läuft das Wasser im Maul zusammen, wenn ich daran denke. Das schmeckte mir nämlich noch besser als das Dosenfutter. Bald ging es mir wieder gut

und die Badewanne war nicht mehr notwendig. Im Nachhinein denke ich, besser
in die Badewanne sch… als auf dem
Teppich einen Haufen hinterlassen. Die
Wanne ist doch viel einfacher zu säubern.

Ich finde es verdammt ekelig, wenn Dusty
einen Haarklumpen auskotzt. Das macht
er wo er geht und steht, sogar auf dem
guten Teppich. Komisch, da schimpft niemand. Im Gegenteil. Ma sagt dann *„Raus
damit, dann geht's dir gleich wieder besser".*
Wenn ich älter bin und langes Fell habe,
dann würde mir das auch passieren. *„Nie"*
sag' ich *„Pfui Teufel".* Da lass ich mich
lieber täglich bürsten. Das ist ja sooo
schön. So eine kleine Bauchmassage mit
der Bürste könnte ich jetzt auch wieder
gebrauchen. Immer! Zu jeder Zeit! Mein
Fell wird von Tag zu Tag schöner und
länger. Habe schon eine super süße Halskrause und beachtlich Knickerbockerho-
sen an den Hinterbeinen. Erst damit sind

Norweger Katzen so richtig schön. Dusty hat mir schon früh erklärt, dass Fellpflege wie Bürsten und Kämmen das A und O für schönes Fell ist. Schließlich möchte ich auch mal so toll wie er aussehen und in einer Zeitschrift oder in einem Kalender abgebildet werden. Von ihm sind schon oft Fotos gedruckt worden. Er ist bereits sehr berühmt. Ich muss gestehen, dass er in der Beziehung mein großes Vorbild ist. Er ist zwar faul und bequem aber doch sehr schön. Auf seine hellgrünen Augen bin ich schon etwas neidisch. Die passen so gut zu seinem roten Fell.

Unsere Ma macht häufig Fotos von uns, die sie dann zum Zeitschriften- oder Kalenderverlag schickt. Beim Sortieren der Fotos fragt sie mich sogar, welche sie versenden soll. Ich helfe ihr bei der Auswahl gerne. Dann sitze ich auf dem Küchentisch und sortiere die Fotos auseinander. Oder durcheinander? Wird schon richtig sein, denn sie lacht dann immer. Ja, wir haben viel Spaß miteinander.

Nach dem Frühstück gehen Dusty und ich auf den Balkon. Bei jedem Wetter, selbst wenn es regnet! Dort steht für uns ein großer Kratzbaum. Weil ich ja noch kleiner bin, darf ich oben auf dem Kratzbaum liegen. Dusty liegt eine Etage tiefer. So können wir super gut Vögel beobachten und genießen die frische Luft. Wir liegen gerne träge in der Sonne. Das ist gut für unsere Knochen. Da wir ja Wohnungskatzen sind, lieben wir diese „Freiheit auf dem Balkon" sehr. Sie ist eine große Bereicherung für unser Katzenleben.

Anschließend toben wir durch die Wohnung. Da geht es so richtig zur Sache. Dabei wird sogar Dusty mal flott. Erstaunlich, dass er so flink sein kann, wo er doch älter und dicker ist als ich. Meine jugendliche Gelenkigkeit ist dabei aber doch von Vorteil. Beim Wettrennen bin *ich* meistens schneller. Wenn wir mit dem Spielen fertig sind, verziehen wir uns für ein Nickerchen aufs Sofa. Wir Samtpfoten verbringen nämlich viel Zeit in Morpheus' Armen. Während wir schlafen kann Ma die Teppiche wieder gerade legen, Kissen aufschütteln, Spielzeug wegräumen… Diese Übungen halten auch sie fit.

Es gibt richtig Zoff, wenn ich im Wassernapf oder Spülstein mit Wasser rumplantsche. Eine kleine Überschwemmung ist dann nicht auszuschließen. Meine Mäuschen und die Bälle müssen doch auch sauber sein!!! Darum tauche ich die gerne ins Wasser. Die kleine Pfütze drumherum ist doch nicht schlimm. Ist wirklich nur Wasser! Mama ist da wohl anderer Meinung und schimpft dann. Aber lange ist sie mir nie böse. Sie knuddelt mich ganz schnell wieder. Mein Charme ist eben unwiderstehlich. Oder sind es meine bernsteinfarbenen Augen?

Wenn ich Frauchen ärgern will, dann rolle ich Klopapier auf und laufe damit durch die ganze Wohnung. Das mache ich besonders gerne, wenn sie nicht zu Hause ist. Soll ja schließlich eine Überraschung sein. Die kommt bei ihr allerdings nicht so gut an. Wenn sie dann anfängt mit *„Smoky nein"*, verstecke ich mich schnell unter dem

Teppich oder in meiner grünen Kratzrolle. Schlau nicht? So kann sie mich nicht sehen. Oder doch? Tolle Verstecke, nicht wahr? Ich finde es cool, wenn sie am Toben ist, ich aber in meinem sicheren Versteck bin.

**Smoky in seinem Versteck
unter einem Teppich**

Manchmal überkommt es mich und ich möchte mit Frauchens Puppen und Teddys spielen. Die sammelt sie nämlich. Ich ziehe so gerne die Haarschleifen und die Schnürsenkel auf. Anscheinend ist das aber eine Todsünde. Hin und wieder kommt sogar die Sprühflasche mit Wasser zum Einsatz. Ich tu dann so, als wenn ich davor Angst hätte und renne schnell weg. In Wirklichkeit lässt mich das aber kalt. Ist doch nur Wasser! Angeblich mögen Katzen kein Wasser. Ich aber doch! Ich gehe ja auch mit Frauchen in die Dusche. Nur baden, das mögen wir Leisetreter überhaupt nicht. Ist ja auch nicht notwendig, weil wir *immer* sauber sind. Schließlich verbringen Samtpfoten viel Zeit mit der Fellpflege.

Wenn ich mal pitschnass bin, muss ich im Badezimmer bleiben, bis ich mit Handtüchern trocken gerubbelt worden bin. Am Anfang bin ich klitschnass durch die Wohnung gerannt und habe alles vollgetropft. Überall sah man meine Pfotenabdrucke. Natürlich war Frauchen davon nicht so begeistert. Inzwischen habe selbst *ich* gelernt, dass ich nicht nass durch die Wohnung rennen darf. Hin und wieder vergesse ich die guten Vorsätze und es kommt doch noch vor. Aber nur gaaanz selten.

Mit Dusty verstehe ich mich inzwischen super gut. Anfangs konnte ich nicht begreifen, dass er nicht mit mir schmusen und knuddeln wollte. Er hat mich oft angefaucht, wenn ich in seine Nähe kam. Ha, davon hat er einen Rachenkatarrh bekommen. Eigene Schuld! Er muss mich ja nicht anfauchen und anknurren. Keiner hat ihn dazu gezwungen. Zur Strafe bekam er Spritzen mit Antibiotika. Tabletten nahm er ja nicht. Selbst wenn sie im Futter versteckt waren, hat er sie geschmeckt. Dann hat er sie gleich wieder fein säuberlich neben dem Napf ausgespuckt. Dabei

hat er Ma vorwurfsvoll in die Augen ge-
schaut und gemeint *„Friss das selber!"*. So
ein imposanter Kater stellt sich so an.
Mimose! Eine Woche später bekam er
seine Stimme zurück. Leider war ihm das
keine Lehre. Er faucht mich immer noch
häufig an. Er kann es eben nicht lassen.
Ich gebe ja zu, manchmal nerve ich ihn
auch ganz schön. Kann ich etwas dafür,
dass er als Senior aus seinen besten Jahren
raus ist und viel Ruhe braucht? Immer nur
auf ihn Rücksicht nehmen ist für mich
enorm anstrengend Ich bin eben ein tem-
peramentvoller Kater.

Zugegeben, in manchen Dingen ist er
mein großes Vorbild. Das darf er nur nicht
wissen, sonst bildet er sich noch mehr ein
als ohnehin schon. So einiges habe ich mir
von ihm auch schon abgeguckt. Wenn er
mal wieder seine Ruhe haben will, dann
springt er auf den hohen Küchenschrank.
Die ersten vier Monate scheiterten meine
Versuche, so hoch zu springen allerdings

kläglich. Meine Beine waren einfach noch zu kurz. Inzwischen kann ich das aber auch und folge ihm. Natürlich gefällt ihm das überhaupt nicht

Er springt sogar auf schmale Zimmertüren. Das schaffe ich allerdings bis heute noch nicht. Ich kann da oben mein Gleichgewicht nicht halten und rutsche ab. So sieht die Badezimmertür auch aus. Ein riesiger Kratzer verziert sie. Unsere Krallen sind nun mal scharf wie ein Stilett. Da sind Kratzer eben vorprogrammiert. Darum kam mein Balanceakt bei Frauchen nicht so gut an. Nachts, wenn alle schlafen und mich niemand sieht, übe ich den Sprung noch manchmal. Irgendwann gelingt er mir auch noch.

Dusty auf der Wohnzimmertür

Nachts kratzt Dusty manchmal an der Schlafzimmertür. Aber nur, wenn er mal wieder seine unverdauten Haare ausgewürgt hat oder unsere Fressnäpfe leer und wir am Verhungern sind. Dazu muss ich vorab erklären, dass wir die Nächte *nicht* bei Ma im Schlafzimmer verbringen. Vom Kratzen wird sie wach und kommt tatsächlich aus dem Zimmer. Sie erkennt unser Problem sofort und beseitigt Dustys Spuckerei oder gibt uns Futter. Dusty kratzt aber auch nur, wenn wirklich Not am Mann bzw. Katze ist.

Neulich ging es ihm so schlecht, da sollte ich an der Tür kratzen und Ma holen. Es war mein erstes Mal. Ganz so laut konnte ich noch nicht kratzen. Wollte schließlich keine Kratzer verursachen. Aber sie hat sogar mich gehört und ist sofort gekommen. Ja, unser Frauchen ist schon schwer in Ordnung.

Abends sitzen wir drei meistens auf dem Sofa und sehen fern. Dusty liegt neben Ma und ich liege auf ihrem Schoß oder oben auf der Rückenlehne. Das ist ja sooo gemütlich. Wie es sich für richtige Katzen gehört, schnurren wir dann um die Wette. Ich tretel sehr gerne auf Frauchens Bauch. Das habe ich auch von Dusty abgeschaut. Dann lobt sie mich ganz toll und krault meine Ohren. Da bin ich hin und weg. Dabei läuft mir oft die Spucke im Mäulchen zusammen. Manchmal muss ich sogar sabbern. Dann bin ich ihr kleiner „*Lüllepit*". Süß, meine Ma, nicht?

Meine erste Adventszeit 2005 war echt aufregend. Ich war damals enorm im Stress. Unser Frauchen hatte die Wohnung mit soviel tollen Kerzen, Weihnachtskugeln, Nüssen, Tannenzweigen und Porzellanengeln dekoriert. Besonders die Kugeln hatten es mir angetan. Die glitzerten und kollerten so schön. Besser als meine Bällchen. Tagsüber nahm mir Ma die Kugeln immer weg, wenn ich damit gespielt habe. Spielverderberin! Aber nachts, wenn sie schlief, habe ich die Adventsgestecke auseinander gerupft und mit den Kugeln gespielt. Nach dem Spielen habe ich sie nicht einfach liegengelassen, sondern unter dem Sofa versteckt. Da horte ich nämlich alle meine Schätze.

Das ging auch bis Januar gut. Leider zog Sigrid, eine Freundin von Ma, das Sofa vor um dahinter zu saugen. Da kamen alle meine Schätze zum Vorschein: 11 Weihnachtskugeln, 4 Stifte, 2 gelbe Bälle und mein grüner Federwedel. Der Wedel war noch von meinem Züchter. Alles wurde mir weggenommen. Das war ja sooo gemein! Aber wie du mir, so ich dir! Jetzt klaue ich verstärkt Frauchens Kugelschreiber und versteck' die unter dem Sofa. Da kommt sie nämlich nicht ran. Ist doch ihre eigene Schuld, wenn sie die Sachen auch so verführerisch auf dem

Tisch liegen lässt! Vermute, dass ich zurzeit mindestens sechs Kugelschreiber versteckt habe. Dazu habe ich noch eine stille Reserve an Bällen und Fellmäuschen unter dem Sofa gebunkert. Falls Ma auf die Idee kommen sollte, mein Spielzeug wegzuräumen, habe ich noch Ersatz unter der Couch. Bin ja nicht dumm!

Tja, der Dusty ist inzwischen ein richtig guter Spielgefährte geworden. Morgens gehen wir nach dem Frühstück auf den Balkon Vögel beobachten. Danach toben wir durch die Wohnung. Mal scheuche ich ihn, mal er mich. Das geht abwechselnd und macht uns richtig viel Spaß. Der morgendliche Ablauf ist schon ein richtiges Ritual.

Danach werde ich wie Dusty gekämmt und gebürstet. Anfangs war bei mir die Fellpflege nur einmal die Woche angesagt, weil ich ja nur das kurze Kittenfell hatte. Inzwischen wird mein Fell aber auch mehrmals wöchentlich gebürstet. Es ist nämlich ganz toll gewachsen. Ohne Fellpflege können sich unter den Achseln und an den Hosen (Hinterbeine) leicht Knötchen bilden. Das muss ja nicht sein. Meine silberne Halskrause steht mir besonders gut. Ma nennt mich jetzt häufig „*kleiner Zausel*". Süß, nicht? Es kann nicht mehr lange dauern, dann bin ich auch so ein imposanter Kater wie Dusty. Seine rote Löwenmähne ist ja auch zu schön. Ma hat mir erzählt, dass Norweger Kater mit drei bis vier Jahren erst ausgewachsen sind. Das dauert nicht mehr lange bis dahin. In einem Monat werde ich ja schon drei Jahre alt. Dann bin ich endlich erwachsen. Ich finde, dass ich bereits jetzt zu den bestaussehenden Exemplaren unserer Rasse gehöre. Oder etwa nicht?

Den 30. Dezember 2005 werde ich nie vergessen. Der Tag begann anders als sonst. Ich bekam kein Frühstück. Dabei war ich schon halb verhungert. Bereits nachts war unser Napf nicht mit Trokkenfutter gefüllt worden. Das war schon sehr merkwürdig. Dusty ahnte wohl schon was. Er meinte *„Es geht bestimmt zum Tierarzt"*. Aber wer von uns? Mir war ganz komisch zumute. Da nur ich kein Futter bekam, war ich wohl gemeint. Warum nur? Mir ging es doch gut. Ich war nicht krank, nur hungrig. Tatsächlich! Es betraf mich. Ich wurde in einen Transportkorb verfrachtet und ab ging die Autofahrt zum Tierarzt. Mir wurde während der Fahrt kotzübel. Doch gut, dass ich noch nichts im Magen hatte, sonst hätte ich mein Frühstück wieder ausgespuckt.

Die Tierärztin war eigentlich ganz nett. Sie streichelte und kraulte mich genau an den Stellen wo ich es gern habe. Ist beim

Tierarzt ja gar nicht so schlimm. Da hat Dusty aber übertrieben, dachte ich noch so. Dann hörte ich, wie sich die Ärztin und Ma über Kastration unterhielten. Ich sollte entmannt werden!!! Hilfe! Schon war meine Angst wieder da. Frauchen streichelte mich ganz lieb, dann verließ sie den Raum. Ich weiß nur noch, dass ich eine Spritze bekam. Das war ein bisschen unheimlich und hat auch etwas gepiekst. Aber kurz danach wurde ich so müde, dass ich einfach eingeschlafen bin. Als ich wieder wach wurde, lag ich beduselt in meinem Transportkorb. Ich wollte aufstehen, aber die Beine knickten mir weg. So ein Mist! Was ist nur los mit mir? Gott sei Dank kam Frauchen und brachte mich nach Hause. Da hab' ich erst Mal geschlafen. Ich war ja sooo müde. Dusty lag bei mir und passte auf mich auf. Habe mich ganz nah an ihn gekuschelt. Sein Schnurren beruhigte mich sehr. Abends bekamen wir ganz leckeres Futter. Da hatte ich aber auch ordentlich Schmacht. Nach der Stärkung ging es mir wieder besser. Nun war ich ein „Kastrat". Was soll's. Dusty lebt auch schon viele Jahre ganz gut als Kastrat. Er vermisst nichts, wie er immer sagt. Unkastrierte Kater verbreiten nämlich einen scharfen Duft den Dosenöffner überhaupt nicht schätzen. Darum ist die Kastration für Wohnungskater wohl das kleinere Übel. Ich hab' am nächsten Tag wieder gespielt als wenn nichts gewesen wäre.

Einen kleinen Nachteil hat die Sache aber doch. Ich muss nun mehr auf meine schlanke Linie achten. Es besteht die große Gefahr, dass ich zunehme. Ich will ja nicht so aus den Fugen geraten wie Dusty. Darum treibe ich viel Sport. Unser Wohnzimmer ist die reinste Muckibude. Ich mach' so gerne Klimmzüge an der Lampe auf dem Beistelltisch. Dabei ist sie schon mehrmals umgekippt und vom Tisch gefallen. Dann schimpft

Mama ziemlich doll mit mir. So ganz Unrecht hat sie ja nicht. Der Lampenschirm ist schon recht schief und von dem Fuß blättert die Farbe ab. Mich stört das aber nicht. Um es mir mit Frauchen nicht zu verderben muss ich zukünftig doch wohl etwas besser aufpassen. Zumal der Dicke nie etwas beschädigt, immer nur ich. Ich soll der „Rabauke" sein.

Mein Lieblingsspiel ist zurzeit „Verstecken". Es gibt sooo schöne Verstecke: hinter der Gardine, in der Badewanne, unter einem Teppich, hinter Türen oder auf dem Küchenschrank. Als Ma neulich vom Einkaufen wiederkam fand sie mich nicht. Sie hat mich gerufen und sogar mit Leckerchen gelockt. Ich blieb aber in meinem Versteck (in der hinteren Ecke von dem höchsten Küchenschrank). Leider hat mich Dusty verraten. Er sah nach oben in meine Richtung. Verräter! Das hat sie natürlich bemerkt und schon war ich entdeckt. Na warte Dusty „*Rache ist süß*".

Am 31. März 2006 hatte ich meinen ersten Geburtstag. Das war ein schöner Tag. Zum Frühstück gab es mein Lieblingsfutter: Thunfisch. Da stehe ich total drauf. Danach bekam ich ein neues Bällchen in gelb, meine Lieblingsfarbe. Wir drei haben ganz doll gespielt. Danach war ich aber auch fix und fertig. Hab' mich für ein Nickerchen ins Waschbecken gelegt. Nachmittags kam Sylvia zu Besuch. Sie brachte eine große Dose Leckerlis mit. Da haben wir uns sofort draufgestürzt. Sylvia weiß genau was wir mögen. Sie ist nämlich auch Dosenöffner von einer Samtpfote. Dann hat sie sich zu uns auf den Teppich gesetzt und mit uns gespielt. Als erster machte Dusty schlapp. „*Tja Dicker, auch du wirst älter!*" Er brauchte eine Pause und verzog sich ins dunkle Badezimmer. Auf dem Toilettendeckel schlief er ein. Da konnte mal wieder keiner die Toilette benutzen. Ich gehe wenigstens runter, wenn Frauchen mal muss. Dusty jedoch nicht. Er meint immer, sie könne ja unser Klo benutzen. *„Dummkopf"*.

Abends hatte Frauchen für uns gekocht. Es gab Hühnchen mit Reis und Karotten. Ein richtiges Festmahl. Der Geburtstag war einfach tierisch gut. Da möchte ich gerne jeden Tag Geburtstag haben. Zum Dank habe ich abends beim Fernsehen auf Mamas Schoß gelegen und mit meiner rauen Zunge ihre Hände abgeleckt. Hmm, schmeckt so gut nach Ma. Das hat sie ja so gerne. Von Dusty kennt sie eine derartige Liebkosung nicht. Der leckt nämlich weder mich noch Frauchen. Vielleicht schaut er sich das mit der Zeit von mir ja noch ab. Ich würde es schön finden, wenn er mir auch mal die Öhrchen sauber leckt. Das mache ich bei ihm doch auch. Aber er ist wohl ein hoffnungsloser Fall. Außer, wenn Frauchen Sahne oder Joghurt am Finger hat. Dann leckt sogar Dusty alles ab. Geht doch!

Wisst ihr, dass ich ein eigenes Fernsehprogramm habe! Wenn es auf dem Balkon zu kalt oder vom Regen zu nass ist, liege ich gerne in der Küche auf der Fensterbank. Von da kann ich super gut Vögel beobachten. Das kann ich stundenlang. Mir macht das sogar mehr Spaß als richtig Fernseh gucken. Manchmal schlafe ich auch auf der Fensterbank ein. Wie Frauchen vor dem Fernseher.

Ma sagt häufig, ich sei jetzt so richtig im Flegelalter und hätte es faustdick hinter den Ohren. Finde ich überhaupt nicht. Ich bin doch sooo lieb. Mehrmals täglich mache ich auf ihrem Bauch den Milchtritt. Dabei denke ich auch an ihr Portemonnaie. Schließlich spart sie durch mein Treteln das Geld für eine Massage. Das eingesparte Geld soll sie dann lieber für Leckerchen und Futter ausgeben. Damit ist sie in letzter Zeit ganz schön geizig geworden. Wir sollen auf unsere Figur achten. Unser Frauchen ist nämlich *leicht* übergewichtig und hat Probleme mit Gelenken und Rücken. Die will sie uns ersparen. So dick wie Dusty werde ich nie!!! Oder doch? Darüber mache ich mir noch keine Gedanken. Ich sehe doch toll aus? In mein Bäuchlein passen noch sehr viele Leckerchen rein.

Da keiner versteht, dass ich ständig hungrig bin, muss ich mir mein Futter eben selbst beschaffen. Zum Glück darf ich ja früh morgens auf den Balkon. Da besuchen mich oft süße kleine Meisen. Die fliegen sogar trotz Sicherheitsnetz auf den Balkon oder setzen sich auf die Balkonbrüstung. Das ist von den Vögeln allerdings sehr leichtsinnig. Mitte Oktober hatte eine Meise wohl etwas Pech. Oder war es Schicksal? Trotz Netz konnte ich eine schnappen und hindurch ziehen. Gar nicht so einfach mit Vogel und Netz in der Schnauze. Hab' die Meise einfach durchgebissen, dann passte es. Das Blut spritzte gewaltig und die Federn wirbelten herum. Ein Schlachtfeld. Leider war Frauchen blitzschnell bei mir und nahm den Vogel aus meinem Mäulchen. Ich war so in Rage, dass ich Ma in die Hand biss. Ich konnte einfach nicht mehr unterscheiden was Vogel und was die Hand war. In mir steckt eben doch ein Raubtier.

Hab' lange nicht mehr so viel Schimpfe von Ma bekommen. Diesmal war sie echt böse auf mich. Hat lange gedauert bis ich wieder auf den Balkon durfte. Ich hatte zwei Wochen Hausarrest. Tut mir auch Leid. Verspreche, dass ich nie wieder ein Vögelchen fange.

Jetzt suche ich den Balkon nur noch nach Leckereien wie Spinnen, Fliegen und Käfer ab. Leider hilft mir Dusty dabei überhaupt nicht. Der ist wohl zu fein um so etwas zu fressen. Ma hat mir erzählt, dass er in meinem Alter auch ganz verrückt danach war. Anscheinend lässt die Jagdlust mit den Jahren nach. Dusty ist gerade elf Jahre alt geworden. Nun ist er ein alter Knacker!

Manchmal ist Frauchen ganz schön gemein zu uns. Sie trickst uns regelrecht aus. Wenn wir zu ihr kommen sollen und wir gehorchen nicht, ruft sie laut *„Vögelchen"*. Dann kommen wir natürlich angerannt. Meistens sind aber gar keine Vögelchen da. Die Enttäuschung ist dann groß. Ich nehme mir immer vor, beim nächsten Mal einfach liegen zu bleiben. Aber es könnte ja wirklich mal ein Vogel da sein und der soll mir doch nicht durch die Lappen gehen.

Im Mai 2006 war Frauchen vier Tage verreist. Da kam ihre Freundin Sigrid und betreute uns. Wir hatten einen eigenen *Catsitter!* Der Tagesablauf war allerdings ganz schön verändert. Wir bekamen unser Futter zwar zu den gewohnten Zeiten aber es war alles etwas hektischer als sonst. Sigrid musste ja auch arbeiten. Abends saß sie zwar auch bei uns und wir haben gemeinsam ferngesehen. Aber das Kuscheln und Schmusen war doch anders. Wo sonst Frauchen auf dem Sofa saß, machte sich jetzt Dusty breit. Wenn Sigrid sich da hinsetzen wollte, scheuchte Dusty sie weg. Dadurch war mein Sofaplatz durch Sigrid besetzt. Es war eben alles durcheinander. Kuddelmuddel! Mir fehlte auch ganz doll die Fellpflege. Wir wurden nicht so ausgiebig und intensiv gebürstet wie bei Ma. Nach dem Kämmen bekommen wir von Ma immer ein Leckerli. Das gab es bei Sigrid leider auch nicht. Ja, Frauchen fehlte uns schon sehr.

Zu der Zeit hatte ich meine „Klauphase". Sigrid ließ häufig ihre Brille auf dem Wohnzimmertisch liegen. Wie leichtsinnig! Eines nachts habe ich die Brille stibitzt und im Badezimmer hinter der Waschmaschine versteckt. Da bekam Sigrid aber Panik. Sie suchte überall im Wohnzimmer. Ich bin ja nicht blöd. Da meine Verstecke im Wohnzimmer inzwischen bekannt waren, habe ich sie auf das Badezimmer ausgeweitet. Das wusste Sigrid natürlich nicht. Da war guter Rat teuer. Während eines Telefonates mit Ma fragte Sigrid nach weiteren Versteckmöglichkeiten. Ma hat mich bzw. die Waschmaschine verraten. So gemein!

Leider fand Sigrid dann ihre Brille. Von mir aus hätte sie noch Tage, ja sogar Wochen nach der Brille suchen können.

Für Dusty und mich kam es im September 2006 noch schlimmer. Da war Frauchen sieben Tage verreist. Sie nannte das Urlaub. Da Sigrid viel mit mir gespielt hat, fand ich die Zeit nicht so tragisch. Aber Dusty. Er wurde vor Sehnsucht nach Ma krank und bekam sogar Fieber. Ständig lag er im Flur und schaute auf die Wohnungstür. Nachts schlief er sehr unruhig. Im Tiefschlaf schnarcht er sonst sehr laut. Da er ohne Ma aber nicht tief und entspannt schlief, wurde aus dem Schnarchen nur ein mitleiderregendes Wimmern. Ich merkte schon, dass er sie sehr vermisste. Dusty ist ja doch eine treue Seele. Das will er nur nicht zugeben. Aber er liebt Frauchen sehr. Als sie dann endlich nach Hause kam, schlich er nur um ihre Beine rum und ließ sie nicht aus den Augen. Dabei miaute er sogar. Es ist selten, dass er mal was sagt. Er ist eher der ruhige Typ. Das Plappermäulchen bin normalerweise nämlich ich. Ma gab uns ganz leckeres Futter und schmuste mit uns ausgiebig. Es kann eben keiner so gut kraulen wie sie. Anstatt sich zu freuen spielte Dusty drei Tage die beleidigte Leberwurst. Er kam doch tatsächlich nicht aufs Sofa zum Kuscheln. Toll für mich. So saß ich neben Frauchen und konnte mich neben ihr schön breit machen. Er lag auf dem Teppich vor dem Sofa und zeigte uns sein Hinterteil. Wenn Ma mit mir spielte, beteiligte er sich nicht daran. Sturkopp! Ja, Dusty kann ganz schön nachtragend sein. Das bin ich überhaupt nicht. Bin ja ein Widder-Kätzchen. Die gelten als mutig, abenteuerlustig, verspielt und sehr treu. Sie lieben es im Mittelpunkt zu stehen und können herrlich unterhaltsam sein. Allerdings nutzen sie auch jede Gelegenheit zur Rauferei. Ma meint, das alles würde bei mir hundertprozentig zutreffen. Na wenn schon. So kommt wenigstens keine Langeweile auf.

Wie ihr sicher schon gemerkt habt, sind Kuscheln und Bequemlichkeit für mich sehr wichtig. Nachts liege ich meistens im Badezimmer unter dem Waschbecken auf der Badematte. Im Becken liegt bereits Dusty. Die Badematte allein genügt mir aber nicht. Ich ziehe noch die Handtücher vom Handtuchhalter und mache mir ein kuscheliges Nest. Das ist sooo schön. Morgens, wenn Frauchen duscht, bekommt sie dann „angewärmte" Handtücher. Ich bin doch toll nicht? Richtig fürsorglich! Sie sagt, ich sei ein kleiner *„Handtuchfetischist".* Stimmt gar nicht.

Ärger gibt es allerdings, wenn ich die frisch gewaschenen Sachen vom Wäscheständer ziehe und mich darauf lege. Natürlich ist die Wäsche dann knautschig und voller Haare. Muss denn immer alles pikobello sein? Man kann es auch übertreiben.

Anfangs stritten wir uns häufig um die Kuscheldecke auf dem Sofa. Um die hat es so manche Kämpfe gegeben bis wir schließlich beide drunter gekrochen sind. Weihnachten 2006 hatte sich dieses Problem Gott sei Dank gelöst, weil ich eine eigene Kuscheldecke geschenkt bekam. Na ja, Dusty darf sie ab und zu auch mal benutzen. Diese Decke liebe ich heiß und innig. Sie erinnert mich vom Muster her an meine Katzenmama. Darum nehme ich gerne einen Deckenzipfel in mein Mäulchen und sabbere daran. Dabei tretel ich ganz wild. Ich stell' mir dann vor, ich würde an den Zitzen von meiner Katzenmama saugen. Leider kommt aber keine Milch. Trotzdem finde ich es wunderschön. Ma meint dann immer, ich

würde wieder ins Welpenalter verfallen.
Von wegen! Ich bin doch schon groß
und werde bald drei Jahre alt.

**Smoky beim Treteln und
Nuckeln**

Neulich hatte Frauchen eine Bronchitis. Die war nicht von schlechten Eltern. Durch das viele Husten bekam sie auf der rechten Rippenseite eine Neuralgie. Damals war sie gar nicht gut drauf. Jede Bewegung tat ihr weh. Sie fand es überhaupt nicht gut, wenn wir auf ihrem Bauch treteln wollten. Dusty meinte: *„Wir dürfen es nur ganz vorsichtig und ohne Krallen"*. Beim Treteln gerate ich aber häufig so in Ekstase, dass ich nicht an meine Krallen denke. So sieht der Bauch von Ma auch aus. Lauter blutige Kratzer. Beim Arzt bekam sie Spritzen wegen dieser komischen Neuralgie. Da sah er natürlich die Kratzer. Das war Ma sehr peinlich. Der Arzt soll aber nur gelacht und gesagt haben, dass Ma uns sehr lieben würde, wenn sie sich das von uns gefallen lässt. Na sie muss das auch positiv sehen. Unser Treteln ist wie eine sanfte Lymphdrainage, und die ist gesund. Wir lieben unsere Ma eben sehr und zeigen ihr das auch.

Sie macht sich ja auch die Mühe und bürstet uns im Winter täglich. Dann haben wir nämlich unser langes dichtes Winterfell. Beim Bürsten und Kämmen bleiben wir ganz still liegen und genießen die Bürstenmassage. Das bedeutet für uns: Entspannung pur. Auch wir Katzen stehen auf Wellness.

Habe ich schon von Anton erzählt? Von ihm bin ich enorm beeindruckt. Anton ist ein Golden-Retriever-Rüde und sehr hübsch mit seinem goldenen Fell. So wie ich euch von meinem Leben erzähle, macht er das sogar in der Tageszeitung. Ma liest mir von ihm regelmäßig vor. Da wir soviel gemeinsam haben, finde ich ihn einfach toll. Den hätte ich gerne als Spielgefährten. Da Anton mich nicht kennt, habe ich Frauchen gebeten, ihm doch mal einen Brief zu schreiben. Ich hab' ihr gesagt was sie über mich schreiben soll. Das war gar nicht so einfach.

Habe Anton von meinen Vorlieben und Gemeinsamkeiten erzählt. Meinen Brief hat er tatsächlich erhalten. Er fand es toll, dass auch ein Kater seine Vorliebe für Joghurtbecher teilt. Hatte dem Brief natürlich noch Fotos von mir beigelegt. Dafür hat sich Anton ganz herzlich bedankt. Er erwähnte mich sogar in der Zeitung. Ich war ganz stolz und bin *mindestens* einen Meter gewachsen. Anton ist ein feiner Kerl. Freue mich immer, wenn von ihm was Neues in der Zeitung steht.

Bei meinem Züchter bin ich mit großen Schäferhunden aufgewachsen. Mit denen konnte ich besser kuscheln und spielen als anfangs mit Dusty. Die Hunde waren immer lieb zu mir. Darum habe ich vor denen auch überhaupt keine Angst. Bin ja nicht so ein Angsthase wie Dusty. Als mal der Paketbote mit seinem Hund in die Wohnung kam, ist er vor lauter Panik auf den Küchenschrank gesprungen. Typisch Dusty. Würde so gerne mal wieder mit einem Hund spielen. Ma hat eine Freundin, die hat einen kleinen Hund. Es ist ein weiblicher Pinscher-Mix namens „Lady". Leider soll Lady keine Katzen mögen. Als sie neulich zu Besuch kam, wurden wir ins Badezimmer gesperrt. Dem Dicken war das total egal. Ich hätte aber gerne an Lady geschnuppert und mit ihr gespielt. Vielleicht geht mein Wunsch ja doch irgendwann in Erfüllung.

Lady

Seit November 2006 hat Frauchen einen Computer. Nachmittags sitzt sie am Küchentisch und beschäftigt sich mit dem Ding. Ins „Internet" gehen, nennt sie das. Leider kann ich meine übliche Spielstunde mit Dusty dann vergessen. Er liegt nämlich auf dem Tisch neben dem Laptop und schnurrt was das Zeug hält. Bis ins Wohnzimmer dringt sein Schnurren. Ich finde ja, dass sein Name „Dusty" falsch ausgesucht wurde. Er müsste „Diesel" heißen, weil er ständig wie ein Dieselmotor schnurrt. Von einer Namensänderung hält er aber überhaupt nichts.

Das zweite Geräusch, welches unser Moppelchen perfekt beherrscht ist: würgen, kotz, kotz… Da ist er Weltmeister drin. Er bricht mindestens alle vier Wochen einen Haarballen aus. Ekelig! Das hat sich bei ihm noch nicht gebessert. Wenn er dafür doch wenigstens ins Badezimmer gehen würde. Aber nein, ihm passiert es wo er geht und steht. Armes Frauchen! Ständig muss sie sein Malheur wegmachen und die Flecken auf dem Teppichboden entfernen. Seit Dezember 2006 haben wir in der Küche und im Flur Laminat. Ma meinte, das sei besser zu säubern. Was macht Dusty. Er k... auf den neuen Teppich anstatt auf dem Laminat. Dann hätten wir auch den Teppichboden behalten können!

Ich verstehe ohnehin nicht, warum Dusty so oft seine Haare auswürgt. Ich mach das doch auch nicht. Ob das auch Veranlagung ist? Dustys Cousine, die „Gina" lebt bei Frauchens Freundin Brigitte. Gina ist bildschön und hat weißes watteweiches Fell. Traumhaft! Sie hat aber auch dieses doofe „Haarproblem". Dusty meint: *„Das ist eben Vererbung".* Kann schon sein. Futter und Fellpflege sind bei uns ja identisch und trotzdem ist „es" mir noch nie passiert. Darüber bin ich auch sehr glücklich.

Gina

Gina ist Dustys Traumfrau. Er hat sie
mal persönlich kennen gelernt als Frauchen ein halbes Jahr im Krankenhaus
war. Da lebte Dusty bei Brigitte und
Gina. Das war allerdings lange vor
meiner Zeit. Habe von Ma erfahren, dass
Gina aber nichts von Dusty wissen
wollte. Die Liebe war wohl einseitig.
Sein Pech.

Hin und wieder kommen Brigitte und ihr Mann zu Besuch. Dann rastet Dusty vor Freude total aus. Er liebt die zwei heiß und innig. Besonders den Horst. Als ich die beiden das erste Mal zusammen spielen sah, dachte ich, gleich gibt's Tote oder es verletzt sich einer. So wild haben die gespielt. Bin sogar in Deckung gegangen um ja nichts abzubekommen. Ich war total überrascht wie viel Power in Dusty steckt. Er war superschnell und einfach nicht zu stoppen. So müsste unser Pummelchen jeden Tag toben, dann würde er auch abnehmen. Mal was anderes als nur immer Slow Motion. Ja, auf seinen „Horst" lässt er nichts kommen. Eben eine echte „Männerfreundschaft".

So wie Dusty von seinen Spielen mit Horst träumt, träume ich oft von der schönen Advents- und Weihnachtszeit. Die habe ich gerade zum dritten Mal erlebt. Da hatte Frauchen wieder so schöne Gestecke gebastelt. Mit Tannengrün, Kugeln, Zapfen, Schleifen usw. Natürlich haben wir ihr dabei wie jedes Jahr geholfen. Oder etwa gestört? Wir lagen auf dem Küchentisch zwischen den tollen Bastelsachen. Mittendrin Dusty und ich. Wer hat am Ende mehr geglitzert? Die Gestecke oder wir Katzen? Ma fand, dass wir mehr geschimmert und gefunkelt hätten als der schönste Weihnachtsbaum.

Während sie die Wohnung weihnachtlich dekorierte, hatte ich im Wohnzimmer kräftig an einem Kranz gezogen der im Fenster hing. Dadurch löste sich das rote Schleifenband und er fiel zu Boden. Natürlich habe ich mich sofort draufgestürzt und ihn zerpflückt. Das hat mir unheimlich viel Spaß gemacht. Einige

Kugeln hatte ich unter dem Sofa versteckt. Eine reine Vorsichtsmaßnahme, weil sie mir ja meisten doch weggenommen werden. Als Mama den Kranz auf dem Boden bemerkte, bekam ich ordentlich Schimpfe. Aber das war mir zu dem Zeitpunkt total egal. Die Strafe folgte allerdings bald.

Abends war mir kotzübel. Ich musste mich so doll übergeben wie noch nie zuvor. Was war nur los mit mir? Frauchen dachte zunächst, dass ich mich überfressen hätte. *Ich doch nicht.* Am nächsten Tag ging es mir noch schlechter. Selbst meine Leckerchen hatte ich nicht angerührt. Und das heißt schon was. Ich verkrümelte mich unter dem Beistelltisch und wollte nur meine Ruhe. Mir war ja sooo elendig zumute. Ständig musste ich mich übergeben. Da konnte doch gar nichts mehr im Magen drin sein. Wo kommt das Zeugs nur her? Ich dachte *„Jetzt schlägt dein letztes Stündlein und es geht mit dir* *zu Ende"*. Frauchen kuschelte mich in eine Decke und massierte mein Bäuchlein. Aber davon wurde es auch nicht besser. Am nächsten Morgen lag ich total apathisch vor der Balkontür und bekam um mich rum nichts mehr mit. Ma packte mich in meinen Transportkorb und fuhr mit mir zur Tierärztin. Dort wurde Blut abgenommen und Fieber gemessen. Die Werte sahen gar nicht gut aus. Als erstes bekam ich eine Infusion. Dann fragte die Ärztin, ob ich evt. einen Fremdkörper verschluckt hätte. Frauchen wusste ja nicht, dass ich was von dem Adventskranz gefressen hatte. Vorsichtshalber wurde ich geröntgt. Auf dem Röntgenbild war ein Fremdkörper im Darm sichtbar. Aber was war das nur? Dann hörte ich im Hintergrund etwas von Darmverschluss und Notoperation. Frauchen standen die Tränen in den Augen. *„Ob ich jetzt sterben muss?"* Nach der Narkosespritze fiel ich in einen tiefen Schlaf.

58

In meiner Transportbox wachte ich wieder auf. Es war da drinnen sooo schön muckelig warm, weil Rotlicht auf mich schien. Leider war ich immer noch an einer Infusion angeschlossen. Das gefiel mir überhaupt nicht. Wo war nur mein Frauchen? Ich schrie so laut ich konnte. *Ma komm, hol' mich nach Hause.* Mir kam es so vor, als wenn ich viele Stunden schreiend verbracht hatte. Es war schon Abend als mich jemand zum Empfang der Praxis trug. Da wartete mein Frauchen auf mich. *Hurrah, jetzt geht's nach Hause!* Die Tierärztin zeigte Mama noch was sie aus meinem Darm entfernt hatte. Es war „Engelshaar". Ja, das hätte ich ihr auch sagen können. Das hatte ich doch aus dem Kranz gezupft und gefressen. Kann ich wissen, dass so ein Zeug meinen Darm verstopft?

Als wir zu Hause ankamen, wurde ich in eine mollige Decke gepackt. Dusty legte sich schnurrend daneben und so schliefen wir beide ein. Am nächsten Morgen packte mich Frauchen mit meiner Kuscheldecke in den Transportkorb und wir fuhren wieder zu der Tierärztin. Ich bekam erneut eine Infusion sowie eine Schmerz- und Antibiotikaspritze. Das wiederholte sich noch 5 Tage so, selbst am Samstag und Sonntag. Dann war ich „über dem Berg" wie man so schön sagt. Allmählich sank mein Fieber und ich war auf dem Weg der Besserung. Futter bekam ich allerdings erst zwei Tage nach der Operation wieder. Na ja, als Futter konnte man das Zeug in meinen Augen allerdings nicht bezeichnen. Das war so eine sonderbare „Astronautennahrung". Angeblich sollte das Zeug ein hochkonzentrierter Energieträger sein. Katzen bekommen so etwas nach schweren Operationen. Schmeckte mir aber überhaupt nicht. Weil ich gar nichts mehr fressen wollte, erhielt ich nach einiger Zeit mein „normales" Nassfutter püriert mit viel Soße. Allerdings war das auch nicht so nach meinem Geschmack. Ich wollte einfach nur mein geliebtes Trockenfutter. War das so schwer zu verstehen? Leider durfte ich zwei Wochen überhaupt nichts Hartes fressen. Ich verstand die Welt nicht mehr. Dusty bekam doch auch sein Futter wie immer. Nur ich nicht. Ja, das war schon eine schlimme Zeit für mich. Die wünsche ich meinem ärgsten Feind nicht. Inzwischen fing auch noch die Wunde an zu jucken. Ich hatte zwar keine „Halskrause", aber ich konnte die Wunde trotzdem nicht ablecken, weil ein silikonbeschichtetes Silberpflaster drauf klebte. Ganze sechs Tage brauchte ich um das Pflaster abzukriegen. Dann hatte ich es endlich geschafft aber eh ich mich versah kam ein Neues drauf. Ich war der Verzweiflung nahe. 14 Tage lang musste ich täglich zur Tierärztin. Das war für mich Stress pur. Mittlerweile wusste ich ja, um welche Zeit Frauchen mich einfing. Ich hatte mich dann immer hinter dem Sofa versteckt. Da halfen auch keine Leckerchen. Ich kam aus meinem Versteck einfach nicht hervor. Ma blieb also nichts anderes übrig als täglich das Sofa vorzuziehen. Diese Zeit war für sie auch nicht einfach. Sie hat vor Sorge um mich oft geweint. Als nach zehn Tagen die Fäden gezogen wurden, ging es Gott sei Dank nur noch bergauf mit mir. Nach zwei Wochen bekam ich auch wieder Trockenfutter. Endlich! Das war zwar auch eine Spezial-Diät aber besser als gar kein Trockenfutter. Inzwischen ist alles überstanden und der Alltag ist wieder eingekehrt. Heute passt Frauchen allerdings noch mehr auf, was ich so fresse. Sie sagt jetzt immer *„Müllschlucker"* zu mir. Richtig gemein. Ich hatte mir doch zu Weihnachten einen neuen Kratzbaum gewünscht. Den gab es leider nicht, weil die Arztrechnung so hoch war. Na ja, Strafe muss sein. Das sehe ich ja auch ein. Unsere Pechsträhne war aber noch nicht beendet. Es kam noch schlimmer.

Am 5. Februar 2008 hatte Dusty Geburtstag. Er wurde 11 Jahre alt. Ich weiß noch genau, dass es ein Dienstag war. Zu dem Zeitpunkt war er noch gut drauf. Aber schon zwei Tage später klagte er über starke Bauchschmerzen. Er wollte seine Ruhe haben und verzog sich unter dem Beistelltisch im Wohnzimmer. Das macht er sonst nie. Freitags behielt er das Futter nicht mehr bei sich und übergab sich ständig. Außerdem hatte er schon drei Tage keine Verdauung mehr. Er rannte immer aufs Klöchen aber es kam nichts. Ich konnte das Elend gar nicht mit ansehen. Armer Dusty. Samstagmorgen fuhr Frauchen mit ihm zu unserer Tierärztin. Da er Fieber hatte, bekam er eine Antibiotikaspritze und er wurde geröntgt. Die Aufnahmen zeigten, dass der Darm voll mit Kot war. Ansonsten gab es aber keine Auffälligkeiten. Zu Hause ging es ihm von der Spritze etwas besser. Obwohl er nach wie vor keine Verdauung hatte, stank er hinten an seinem Po ganz schrecklich. „*Pfui Teufel*". Sonntags lag es teilnahmslos im Badezimmer vor unserem Klöchen. Er tat mir sooo Leid. Am Montag fuhr unsere Ma wieder mit ihm zur Tierärztin. Da wurde er nochmals geröntgt. Inzwischen hatten sich im Darm Gase gebildet und er war pickepacke voll mit Kot- und Haarklumpen. Eine Darmspülung in der Praxis erschien der Tierärztin zu gefährlich. Schließlich ist Dusty ja nicht mehr der Jüngste. Er musste in eine Tierklinik. Die war aber eine Autostunde von uns entfernt und Dusty fährt doch gar nicht gerne im Auto mit. Ma erzählte mir, dass er die ganze Fahrt nur geschrieen habe. In der Tierklinik bekam er gleich Infusionen. Außerdem wurde dort sein Darm gespült und jede Menge Kot rausgeholt. Aber damit war es noch nicht getan. Röntgenbilder mit Kontrastmittel ergaben, dass nach wie vor ein Darmverschluss vorlag. Aber wieso? Er hatte wirklich nichts Verbotenes gefressen. Dusty doch nicht.

Schließlich wurde er am Dienstag doch noch operiert. Dabei wurde der Darm auf Fremdkörper abgetastet. Zum Glück wurde aber nichts gefunden. Mittwochs konnte Frauchen ihn wieder nach Hause holen. Die folgenden zwei Tage hat er nur geschlafen. Mit ihm war absolut nichts los. Natürlich bekam er auch nur Schonkost und so doofe Tabletten. Genau wie ich nach meiner Darmoperation. Das kam mir doch alles sooo bekannt vor. Vier Tage nach dem Eingriff hatte er auch endlich wieder Verdauung. Wir müssen nun beide darauf achten, dass unsere Häufchen nicht zu hart sind. Das heißt: Frauchen sorgt dafür. Jetzt bekommen wir häufiger Quark, Joghurt und Sahne. Damit kann ich mich ja noch anfreunden. Wenn sie aber mit dieser blöden Maltpaste oder dem Milchzucker ankommt, dann streike ich. Nicht mit mir.

Ich muss aber sagen, dass meine Bauchnarbe viel kleiner und schöner ist, als die von unserem Pummelchen. Na ja, bei ihm ist ja *alles* größer, auch der Bauchumfang. Bei mir ist das Fell schon toll nachgewachsen. Dusty ist immer noch richtig nackt am Bauch. Einen Schönheitswettbewerb kann er zurzeit wohl nicht gewinnen. Aber Hauptsache, dass wir beide wieder vollkommen gesund sind.

Dafür feiern wir ab jetzt zweimal im Jahr Geburtstag. Auch am 30. November und 12. Februar. Das waren nämlich unsere Operationstage. Ohne die Operationen würden wir wohl nicht mehr leben. Katzen haben eben auch Schutzengel. Wie heißt es so schön: *„Katzen haben sieben Leben"*. Da ist etwas Wahres dran.

Die wichtigsten Ereignisse meiner ersten drei Jahre habe ich nun erzählt. Bin ich wirklich so schlimm? Ich bin doch ein niedlicher kleiner Zausel und kein Flegel oder Rabauke.

Denke, dass ich es bei Dusty und Frauchen ganz gut getroffen habe. Was noch nicht so klappt, das krieg' ich mit der Zeit auch noch hin. Die Erziehung der beiden ist ja noch nicht abgeschlossen.

Liebe Tatzengrüße

Euer Smoky

Zitat:

Die Liebe einer Katze ist das schönste Geschenk

(Judy Parker)

Smoky im Alter von 2 Jahren

Zitat:

Wo eine Katze wartet, dort ist man zu Hause

(Nina Sandmann)